KB177398

만해 동주 이상 백석 소월

국립중앙도서관 출판예정도서목록(CIP)

만해 동주 이상 백석 소월 : 반경환 애송시집 / 지은이: 반
경환. ― 대전 : 지혜 : 애지, 2019
    p. ;   cm. ― (J.H classic ; 029)

ISBN 979-11-5728-316-3 03810 : ₩10000

한국 시[韓國詩]
한국 문학[韓國文學]

811.61-KDC6
895.713-DDC23   CIP2019003778

J.H CLASSIC 029

만해 동주 이상 백석 소월

반경환 애송시집

지혜

시인의 말

시는 사상의 꽃이고, 사상은 시의 열매이다. 사상의 꽃이 피고, 시의 열매가 열리는 곳은 우리 한국인들의 영원한 천당이라고 할 수가 있다. 서정시인, 서사시인, 유명시인, 잘 알려지지 않은 시인들이 있지만, 한국 현대시의 기원에는 만해, 동주, 이상, 백석, 소월, 기림, 용악, 지용, 영랑 등이 있다는 것이 한 사람의 철학예술가로서의 나의 판단이다.

「님의 침묵」, 「서시」, 「오감도」, 「여승」, 「엄마야 누나야」, 「바다와 나비」, 「달 있는 제사」, 「향수」, 「모란이 피기까지」의 꽃이 피고, 사사사철 가장 아름답고 풍요로운 열매가 맺히는 곳—. 오늘도 영원한 천당에서 우리 한국인들에게 '시의 양식'이 하늘의 은총처럼 쏟아지기를 빌고, 또 빈다.

읽고, 또 읽고, 읽고, 또 읽으며, 이 '애송시의 맛'을 음미해보기를 바란다.

2019년 1월
반경환

차례

이상

백석

김소월

김기림

이용악

정지용

김영랑

반경환 명시감상

• 일러두기
　한 연이 첫 번째 행에서 시작될 때는 > 로 표시합니다.

한용운

님의 침묵

님은 갔습니다. 아아 사랑하는 나의 님은 갔습니다.

푸른 산빛을 깨치고 단풍나무숲을 향하여 난 적은 길을 걸어서 차마 떨치고 갔습니다.

황금의 꽃같이 굳고 빛나던 옛 맹서는 차디찬 티끌이 되어서, 한숨의 미풍에 날아갔습니다.

날카로운 첫 키스의 추억은 나의, 운명의 지침을 돌려놓고, 뒷걸음쳐서, 사라졌습니다.

나는 향기로운 님의 말소리에 귀먹고, 꽃다운 님의 얼굴에 눈멀었습니다.

사랑도 사람의 일이라, 만날 때에 미리 떠날 것을 염려하고 경계하지 아니한 것은 아니지만, 이별은 뜻밖의 일이 되고 놀란 가슴은 새로운 슬픔에 터집니다.

그러나 이별을 쓸데없는 눈물의 원천을 만들고 마는 것은 스스로 사랑을 깨치는 것인 줄 아는 까닭에, 걷잡을 수 없는 슬픔의 힘을 옮겨서 새 희망의 정수박이에 들어부었습니다.

우리는 만날 때에 떠날 것을 염려하는 것과 같이, 떠날 때에 다시 만날 것을 믿습니다.

아아 님은 갔지마는 나는 님을 보내지 아니하였습니다.

제 곡조를 못 이기는 사랑의 노래는 님의 침묵을 휩싸고 돕니다.

알 수 없어요

바람도 없는 공중에 수직의 파문을 내이며, 고요히 떨어지는 오동잎은 누구의 발자취입니까.

지리한 장마 끝에 서풍에 몰려가는 무서운 검은 구름의 터진 틈으로, 언뜻 언뜻 보이는 푸른 하늘은 누구의 얼굴입니까.

꽃도 없는 깊은 나무에 푸른 이끼를 거쳐서, 옛 탑 위의 고요한 하늘을 스치는 알 수 없는 향기는 누구의 입김입니까.

근원은 알지도 못할 곳에서 나서, 돌부리를 울리고 가늘게 흐르는 적은 시내는 굽이굽이 누구의 노래입니까.

연꽃 같은 발꿈치로 가이없는 바다를 밟고, 옥같은 손으로 끝없는 하늘을 만지면서, 떨어지는 날을 곱게 단장하는 저녁놀은 누구의 詩입니까.

타고 남은 재가 다시 기름이 됩니다. 그칠 줄을 모르고 타는 나의 가슴은 누구의 밤을 지키는 약한 등불입니까.

심은 버들

뜰앞에 버들을 심어
님의 말을 매렸더니
님은 가실 때에
버들을 꺾어 말 채찍을 하였습니다.

버들마다 채찍이 되어서
님을 따르는 나의 말도 채칠까 하였더니
남은 가지 千萬絲는
해마다 해마다 보낸 恨을 잡아맵니다.

복종

남들은 자유를 사랑한다지마는, 나는 복종을 좋아하여요.

자유를 모르는 것은 아니지만, 당신에게는 복종만 하고 싶어요.

복종하고 싶은데 복종하는 것은 아름다운 자유보다도 달콤합니다, 그것이 나의 행복입니다.

그러나 당신이 나더러 다른 사람을 복종하라면 그것만은 복종할 수가 없습니다.

다른 사람을 복종하려면, 당신에게 복종할 수가 없는 까닭입니다.

사랑하는 까닭

내가 당신을 사랑하는 것은 까닭이 없는 것이 아닙니다.

다른 사람들은 나의 홍안만을 사랑하지마는, 당신은 나의 백발도 사랑하는 까닭입니다.

내가 당신을 기루어하는 것은 까닭이 없는 것이 아닙니다.

다른 사람들은 나의 미소만을 사랑하지마는, 당신은 나의 눈물도 사랑하는 까닭입니다.

내가 당신을 기다리는 것은 까닭이 없는 것이 아닙니다.

다른 사람들은 나의 건강만을 사랑하지마는, 당신은 나의 죽음도 사랑하는 까닭입니다.

나룻배와 행인

나는 나룻배
당신은 행인.

당신은 흙발로 나를 짓밟습니다.
나는 당신을 안고 물을 건너갑니다.
나는 당신을 안으면 깊으나 얕으나 급한 여울이나 건너갑니
다.

만일 당신이 아니 오시면 나는 바람을 쐬고 눈비를 맞으며 밤
에서 낮까지 당신을 기다리고 있습니다.
당신은 물만 건너면 나를 돌아보지도 않고 가십니다그려.
그러나 당신이 언제든지 오실 줄만은 알아요.
나는 당신을 기다리면서 날마다 날마다 낡아갑니다.

나는 나룻배
당신은 행인.

당신이 아니더면

　당신이 아니더면 포시럽고 매끄럽던 얼굴이 왜 주름살이 잡혀요.
　당신이 기룹지만 않다면, 언제까지라도 나는 늙지 아니할 테여요.
　맨 첨에 당신에게 안기던 그때대로 있을 테여요.

　그러나 늙고 병들고 죽기까지라도, 당신 때문이라면 나는 싫지 안 하여요.
　나에게 생명을 주든지 죽음을 주든지, 당신의 뜻대로만 하셔요.
　나는 곧 당신이어요.

만해 한용운 1879년 충남 홍성에서 태어났고, 1944년 서울에서 사망했다. 승려이자 시인이었고, 독립운동가이었으며, 시집으로는 『님의 침묵』이 있다.

윤동주

서시

죽는 날까지 하늘을 우러러
한 점 부끄럼이 없기를,
잎새에 이는 바람에도
나는 괴로워했다.
별을 노래하는 마음으로
모든 죽어 가는 것을 사랑해야지
그리고 나한테 주어진 길을
걸어가야겠다.

오늘 밤에도 별이 바람에 스치운다.

자화상

　산모퉁이를 돌아 논가 외딴 우물을 홀로 찾아가선 가만히 들여다봅니다.

　우물 속에는 달이 밝고 구름이 흐르고 하늘이 펼치고 파아란 바람이 불고 가을이 있습니다.

　그리고 한 사나이가 있습니다.
　어쩐지 그 사나이가 미워져 돌아갑니다.

　돌아가다 생각하니 그 사나이가 가엾어집니다.
　도로 가 들여다보니 사나이는 그대로 있습니다.

　다시 그 사나이가 미워져 돌아갑니다.
　돌아가다 생각하니 그 사나이가 그리워집니다.

　우물 속에는 달이 밝고 구름이 흐르고 하늘이 펼치고 파아란 바람이 불고 가을이 있고 추억처럼 사나이가 있습니다.

참회록

파란 녹이 낀 구리 거울 속에
내 얼굴이 남아 있는 것은
어느 왕조의 유물이기에
이다지도 욕될까.

나는 나의 참회의 글을 한 줄에 줄이자.
— 만 이십사년 일 개월을
— 무슨 기쁨을 바라 살아왔던가.

내일이나 모레나 그 어느 즐거운 날에
나는 또 한 줄의 참회록을 써야 한다.
— 그때 그 젊은 나이에
— 왜 그런 부끄런 고백을 했던가

밤이면 밤마다 나의 거울을
손바닥으로 발바닥으로 닦아보자.

그러면 어느 운석 밑으로 홀로 걸어가는
슬픈 사람의 뒷모양이
거울 속에 나타나온다.

또 다른 고향

고향에 돌아온 날 밤에
내 백골이 따라와 한 방에 누웠다.

어둔 방은 우주로 통하고
하늘에선가 소리처럼 바람이 불어온다.

어둠속에 곱게 풍화작용하는
백골을 들여다보며
눈물짓는 것이 내가 우는 것이냐
백골이 우는 것이냐
아름다운 혼이 우는 것이냐

지조 높은 개는
밤을 새워 어둠을 짖는다.

어둠을 짖는 개는
나를 쫓는 것일 게다.

가자 가자
쫓기우는 사람처럼 가자

백골 몰래
아름다운 또 다른 고향에 가자.

십자가

쫓아오던 햇빛인데
지금 교회당 꼭대기
십자가에 걸리었습니다.

첨탑이 저렇게도 높은데
어떻게 올라 갈 수 있을까요.

종소리도 들려오지 않는데
휘파람이나 불며 서성거리다가,

괴로웠던 사나이,
행복한 예수 그리스도에게
처럼
십자가가 허락된다면

모가지를 드리우고
꽃처럼 피어나는 피를
어두워가는 하늘밑에
조용히 흘리겠습니다.

쉽게 쓰여진 시

창밖에 밤비가 속살거려
육첩방은 남의 나라,

시인이란 슬픈 천명인 줄 알면서도
한 줄 시를 적어 볼까,

땀내와 사랑내 포근히 품긴
보내 주신 학비 봉투를 받아

대학 노-트를 끼고
늙은 교수의 강의 들으러 간다.

생각해보면 어린 때 친구들
하나, 둘, 죄다 잃어버리고

나는 무얼 바라
나는 다만, 홀로 침전하는 것일까?

인생은 살기 어렵다는데
시가 이렇게 쉽게 씌어지는 것은

부끄러운 일이다.

육첩방은 남의 나라
창밖에 밤비가 속살거리는데,

등불을 밝혀 어둠을 조금 내몰고
시대처럼 올 아침을 기다리는 최후의 나,

나는 나에게 작은 손을 내밀어
눈물과 위안으로 잡는 최초의 악수.

별 헤는 밤

계절이 지나가는 하늘에는
가을로 가득 차 있습니다.

나는 아무 걱정도 없이
가을 속의 별들을 다 헤일 듯합니다.

가슴속에 하나 둘 새겨지는 별을
이제 다 못 헤는 것은
쉬이 아침이 오는 까닭이요,
내일 밤이 남은 까닭이요,
아직 나의 청춘이 다하지 않은 까닭입니다.

별 하나에 추억과
별 하나에 사랑과
별 하나에 쓸쓸함과
별 하나에 동경과
별 하나에 시와
별 하나에 어머니, 어머니,

어머님, 나는 별 하나에 아름다운 말 한 마디씩 불러봅니다.

소학교 때 책상을 같이 했던 아이들의 이름과, 패, 경, 옥 이런 이국 소녀들의 이름과, 벌써 애기 어머니 된 계집애들의 이름과, 가난한 이웃 사람들의 이름과 비둘기, 강아지, 토끼, 노새, 노루, 프랑시스 잠, 라이너 마리아 릴케, 이런 시인의 이름을 불러봅니다.

이네들은 너무나 멀리 있습니다.
별이 아스라이 멀 듯이,

어머님,
그리고 당신은 멀리 북간도에 계십니다.

나는 무엇인지 그리워
이 많은 별 빛이 나린 언덕 위에
내 이름자를 써보고,
흙으로 덮어 버리었습니다.

딴은 밤을 새워 우는 벌레는
부끄러운 이름을 슬퍼하는 까닭입니다.

> 　

　　그러나 겨울이 지나고 나의 별에도 봄이 오면

　　무덤 위에 파란 잔디가 피어나듯이

　　내 이름자 묻힌 언덕 위에도

　　자랑처럼 풀이 무성할 게외다.

또 태초의 아침

하얗게 눈이 덮이었고
전신주가 잉잉 울어
하나님 말씀이 들려온다.

무슨 계시일까.

빨리
봄이 오면
죄를 짓고
눈이
밝아

이브가 해산하는 수고를 다하면

무화과 잎사귀로 부끄런 데를 가리고

나는 이마에 땀을 흘려야겠다.

간肝

바닷가 햇빛 바른 바위 위에
습한 간肝을 펴서 말리우자.

코카서스 산중에서 도망해 온 토끼처럼
둘러리를 빙빙 돌며 간肝을 지키자.

내가 오래 기르든 여윈 독수리야!
와서 뜯어 먹어라, 시름 없이

너는 살찌고
나는 여위어야지, 그러나

거북이야!
다시는 용궁의 유혹에 안 떨어진다.

프로메테우스 불쌍한 프로메테우스
불 도적한 죄로 목에 맷돌을 달고
끝없이 침전하는 프로메테우스.

아우의 인상화印象畵

붉은 이마에 싸늘한 달이 서리어
아우의 얼굴은 슬픈 그림이다.

발걸음을 멈추어
살그머니 앳된 손을 잡으며
'늬는 자라 무엇이 되려니'
'사람이 되지'
아우의 설은 진정코 설은 대답이다.

슬며시 잡았던 손을 놓고
아우의 얼굴을 다시 들여다본다.

싸늘한 달이 붉은 이마에 젖어
아우의 얼굴은 슬픈 그림이다.

거짓부리

똑, 똑, 똑,
문좀 열어주세요
하루밤 자고 갑시다.
　밤은 깊고 날은 추운데
　거 누굴까?
문 열어주고 보니
검둥이의 꼬리가
거짓부리한걸.

꼬기요, 꼬기요,
달걀 낳았다.
간난아 어서 집어 가거라
　간난이 뛰어가 보니
　달걀은 무슨 달걀.
고놈의 암탉이
대낮에 새빨간
거짓부리한걸.

윤동주 1917년 연변 용정에서 태어났고, 1945년 2월 후쿠오카 형무소에서 옥
사했으며, 시집으로는 사후에 출간된 『하늘과 바람과 별과 시』가 있다.

이상

오감도 시제2호

　나의아버지가나의곁에서조을적에나는나의아버지가되고또
나는나의아버지의아버지가되고그런데도나의아버지는나의아
버지대로나의아버지인데어쩌자고나는자꾸나의아버지의아버
지의아버지의……아버지가되느냐나는왜나의아버지를껑충뛰
어넘어야하는지나는왜드디어나와나의아버지와나의아버지의
아버지와나의아버지의아버지의아버지노릇을한꺼번에하면서
살아야하는것이냐

오감도 시제9호 총구銃口

매일毎日같이열풍烈風이불더니드디어내허리에큼직한손이와
닿는다. 황홀恍惚한지문指紋골짜기로내땀내가스며드자마자쏘
아라. 쏘으리로다. 나는내소화기관消化器管에묵직한총신銃身을느
끼고내다물은입에매끈매끈한총구銃口를느낀다. 그리더니나는
총銃쏘으드키눈을감으며한방총탄銃彈대신에나는참나의입으로
무엇을내배알었더냐.

오감도 시제15호

1

나는거울없는실내室內에있다. 거울속의나는역시외출중外出中이다. 나는지금至今거울속의나를무서워하며떨고있다. 거울속의나는어디가서나를어떻게하려는음모陰謀를하는중中일까.

2

죄罪를품고식은침상寢床에서잤다. 확실確實한내꿈에나는결석缺席하였고의족義足을담은군용장화軍用長靴가내꿈의백지白紙를더럽혀놓았다.

3

나는거울속에있는실내室內로몰래들어간다. 나를거울에서해방解放하려고. 그러나거울속의나는침울沈鬱한얼굴로동시同時에꼭들어온다. 거울속의나는내게미안未安한뜻을전傳한다. 내가그때문에영어囹圄되어있드키그도나때문에영어囹圄되어떨고있다.

4

내가결석缺席한나의꿈. 내위조僞造가등장登場하지않는내거울. 무능無能이라도좋은나의고독孤獨의갈망자渴望者다. 나는드디어거울속의나에게자살自殺을권유勸誘하기로결심決心하였다. 나는그에게시야視野도없는들창窓을가리키었다. 그들창窓은자살自 殺만을위爲한들창窓이다. 그러나내가자살自殺하지아니하면그가 자살自殺할수없음을그는내게가르친다. 거울속의나는불사조不死 鳥에가깝다.

5

내왼편가슴심장心臟의위치位置를방탄금속防彈金屬으로엄폐掩 蔽하고나는거울속의내왼편가슴을겨누어권총券銃을발사發射하 였다. 탄환彈丸은그의왼편가슴을관통貫通하였으나그의심장心 臟은바른편에있다.

6

모형심장模型心臟에서붉은잉크가엎질러졌다. 내가지각遲刻한 내꿈에서나는극형極形을받았다. 내꿈을지배支配하는자者는내 가아니다. 악수握手할수조차없는두사람을봉쇄封鎖한거대巨大한 죄罪가있다.

지비紙碑

내키는커서다리는길고왼다리아프고안해키는작아서다리는
짧고바른다리가아프니내바른다리와안해왼다리와성한다리끼
리한사람처럼걸어가면아아이부부夫婦는부축할수없는절름발이
가되어버린다무사無事한세상世上이병원病院이고꼭치료治療를기
다리는무병無病이끝끝내있다.

거울

거울속에는소리가없소
저렇게까지조용한세상은참없을것이오

거울속에도내게귀가있소
내말을못알아듣는딱한귀가두개나있소

거울속의나는왼손잡이오
내악수握手를받을줄모르는악수를모르는왼손잡이오

거울때문에나는거울속의나를만져보지를못하는구료마는
거울이아니었던들내가어찌거울속의나를만나보기만이라도
했겠소

나는지금至今거울을안가졌소마는거울속에는늘거울속의내가
있소
잘은모르지만외로된사업事業에골몰할게요

거울속의나는참나와는반대反對요마는
또꽤닮았소

나는거울속의나를근심하고진찰診察할수없으니퍽섭섭하오

危篤

― 白晝

　내두루매기깃에달린貞操빼지를내어보였드니들어가도좋다고그린다. 들어가도좋다든女人이바로제게좀鮮明한貞操가있으니어떠냐. 나더러世上에서얼마짜리貨幣노릇을하는세음이냐는뜻이다. 나는일부러다홍헝겊을흔들었드니窈窕하다든貞操가성을낸다. 그리고는七面鳥처럼쩔절맨다.

꽃나무

벌판한복판에꽃나무하나가있소근처에는꽃나무가하나도없
소꽃나무는제가생각하는꽃나무를열심으로생각하는것처럼열
심으로꽃을피워가지고섰소꽃나무는제가생각하는꽃나무에게
갈수없소나는막달아났소한꽃나무를위하여그러는것처럼나는
참그런이상스러운흉내를내었소

이 상 (본명 김해경)은 1910년 서울에서 태어났고, 1937년 폐결핵 말기환
자로 사망했다. 대표작으로는 「오감도鳥瞰圖」 연작시와 소설 「날개」 등
이 있다.

백석

여승

여승은 합장하고 절을 했다
가지취의 내음새가 났다
쓸쓸한 낯이 옛날같이 늙었다
나는 불경처럼 서러워졌다

평안도의 어느 산 깊은 금덤판
나는 파리한 여인에게서 옥수수를 샀다
여인은 나어린 딸아이를 따리며 가을밤같이 차게 울었다.

섶벌같이 나아간 지아비 기다려 십 년이 갔다
지아비는 돌아오지 않고
어린 딸은 도라지꽃이 좋아 돌무덤으로 갔다

산꿩도 설게 울은 슬픈 날이 있었다
산 절의 마당귀에 여인의 머리오리가 눈물방울과 같이 떨어진
날이 있었다

나와 나타샤와 흰 당나귀

가난한 내가
아름다운 나타샤를 사랑해서
오늘밤은 푹푹 눈이 나린다

나타샤를 사랑은 하고
눈은 푹푹 날리고
나는 혼자 쓸쓸히 앉어 소주를 마신다
소주를 마시며 생각한다
나타샤와 나는
눈이 푹푹 쌓이는 밤 흰 당나귀 타고
산골로 가자 출출이 우는 깊은 산골로 가 마가리에 살자

눈은 푹푹 나리고
나는 나타샤를 생각하고
나타샤가 아니 올 리 없다
언제 벌써 내 속에 고조곤히 와 이야기한다
산골로 가는 것은 세상한테 지는 것이 아니다
세상 같은 건 더러워 버리는 것이다

눈은 푹푹 나리고

아름다운 나타샤는 나를 사랑하고
어데서 흰 당나귀도 오늘밤이 좋아 응앙응앙 울을 것이다

흰 밤

옛 성의 돌담에 달이 올랐다
묵은 초가지붕에 박이
또 하나 달같이 하이얗게 빛난다
언젠가 마을에서 수절과부 하나가 목을 매여 죽은 밤도 이러
한 밤이었다

주막

호박잎에 싸오는 붕어곰은 언제나 맛있었다

부엌에는 빨갛게 질들은 팔모알상이 그 상 우엔 새파란 싸리를 그린 눈알만한 盞이 뵈었다

아들아이는 범이라고 장고기를 잘 잡는 앞니가 뻐드러진 나와 동갑이었다

울파주 밖에는 장꾼들을 따라와서 엄지의 젖을 빠는 망아지도 있었다

청시

별 많은 밤
하누바람이 불어서
푸른 감이 떨어진다 개가 즞는다

산비

산뽕닢에 빗방울이 친다
멧비둘기가 닖다
나무등걸에서 자벌기가 고개를 들었다 멧비둘기 켠을 본다

흰 바람벽이 있어

오늘 저녁 이 좁다란 방의 흰 바람벽에
어쩐지 쓸쓸한 것만이 오고간다
이 흰 바람벽에
희미한 십오촉 전등이 지치운 불빛을 내어던지고
때글은 다 낡은 무명샤쯔가 어두운 그림자를 쉬이고
그리고 또 달디단 따끈한 감주나 한 잔 먹고싶다고 생각하는
내 가지가지 외로운 생각이 헤매인다
그런데 이것은 또 어인 일인가
이 흰 바람벽에
내 가난한 늙은 어머니가 있다
내 가난한 늙은 어머니가
이렇게 시퍼러둥둥하니 추운 날인데 차디찬 물에 손을 담그고
무이며 배추를 씻고 있다
또 내 사랑하는 사람이 있다
내 사랑하는 어여쁜 사람이
어늬 먼 앞대 조용한 개포가의 나즈막한 집에서
그의 지아비와 마조 앉어 대구국을 끓여 놓고 저녁을 먹는다
벌써 어린 것도 생겨서 옆에 끼고 저녁을 먹는다
그런데 또 이즈막하야 어늬 사이엔가
이 흰 바람벽엔

내 쓸쓸한 얼굴을 쳐다보며

이러한 글자들이 지나간다

— 나는 이 세상에서 가난하고 외롭고 높고 쓸쓸하니 살어가

도록 태어났다

그리고 이 세상을 살어가는데

내 가슴은 너무도 많은 뜨거운 것으로 호젓한 것으로 사랑으

로 슬픔으로 가득 찬다

그리고 이번에는 나를 위로하는 듯이 나를 울력하는 듯이

눈질을 하며 주먹질을 하며 이런 글자들이 지나간다

— 하늘이 이 세상을 내일 적에 그가 가장 귀해하고 사랑하는

것들은 모두

가난하고 외롭고 높고 쓸쓸하니 그리고 언제나 넘치는 사랑과

슬픔속에 살도록 만드신 것이다

초생달과 바구지꽃과 짝새와 당나귀가 그러하듯이

그리고 또 프랑시쓰 잼과 도연명과 라이너 마리아 릴케가 그

러하듯이

남신의주 유동 박시봉방

어느 사이에 나는 아내도 없고, 또,

아내와 같이 살던 집도 없어지고,

그리고 살뜰한 부모며 동생들과도 멀리 떨어져서,

그 어느 바람 세인 쓸쓸한 거리 끝에 헤매이었다.

바로 날도 저물어서,

바람은 더욱 세게 불고, 추위는 점점 더해오는데,

나는 어느 목수네 집 헌 삿을 깐,

한 방에 들어서 쥔을 붙이었다.

이리하여 나는 이 습내 나는 춥고, 누긋한 방에서,

낮이나 밤이나 나는 나 혼자도 너무 많은 것같이 생각하며,

딜옹배기에 북덕불이라도 담겨오면,

이것을 안고 손을 쬐며 재 우에 뜻없이 글자를 쓰기도 하며,

또 문밖에 나가디두 않구 자리에 누워서,

머리에 손깍지베개를 하고 굴기도 하면서,

나는 내 슬픔이며 어리석음이며를 소처럼 연하여 쌔김질하는

것이었다.

내 가슴이 꽉 메어올 적이며,

내 눈에 뜨거운 것이 피잉 괴일 적이며,

또 내 스스로 화끈 낯이 붉도록 부끄러울 적이며,

나는 내 슬픔과 어리석음에 눌리어 죽을 수밖에 없는 것을 느

끼는 것이었다.

  그러나 잠시 뒤에 나는 고개를 들어,

  허연 문창을 바라보든가 또 눈을 떠서 높은 턴정을 쳐다보는 것인데,

  이때 나는 내 뜻이며 힘으로, 나를 이끌어가는 것이 힘든 일인 것을 생각하고,

  이것들보다 더 크고, 높은 것이 있어서, 나를 마음대로 굴려가는 것을 생각하는 것인데,

  이렇게 하여 여러 날이 지나는 동안에,

  내 어지러운 마음에는 슬픔이며, 한탄이며, 가라앉을 것은 차츰 앙금이 되어 가라앉고,

  외로운 생각만이 드는 때쯤 해서는,

  더러 나줏손에 쌀랑쌀랑 싸락눈이 와서 문창을 치기도 하는 때도 있는데,

  나는 이런 저녁에는 화로를 더욱 다가 끼며, 무릎을 꿇어 보며,

  어느 먼 산 뒷옆에 바우섶에 따로 외로이 서서,

  어두워오는데 하이야니 눈을 맞을, 그 마른 잎새에는,

  쌀랑쌀랑 소리도 나며 눈을 맞을,

  그 드물다는 굳고 정한 갈매나무라는 나무를 생각하는 것이었다.

백 석 (본명 백기행) 1912년 평북 정주에서 태어났고, 1996년 북한의 양강도 삼수군 관평리에서 사망했다. 대표작으로는 「여승」, 「나와 나타샤와 흰 당나귀」등이 있다.

김소월

엄마야 누나야

엄마야 누나야 강변 살자,
뜰에는 반짝이는 금모래 빛,
뒷문 밖에는 갈잎의 노래
엄마야 누나야 강변 살자.

진달래꽃

나 보기가 역겨워
가실 때에는
말없이 고이 보내 드리우리다

영변에 약산
진달래꽃
아름 따다 가실 길에 뿌리우리다

가시는 걸음걸음
놓인 그 꽃을
사뿐히 즈려밟고 가시옵소서

나 보기가 역겨워
가실 때에는
죽어도 아니 눈물 흘리우리다

산유화

산에는 꽃 피네
꽃이 피네
갈 봄 여름 없이
꽃이 피네

산에
산에
피는 꽃은
저 만치 혼자서 피어 있네

산에서 우는 작은 새여
꽃이 좋아
산에서
사노라네

산에는 꽃 지네
꽃이 지네
갈 봄 여름 없이
꽃이 지네

못 잊어

못 잊어 생각이 나겠지요
그런대로 한 세상 지내시구료
사노라면 잊힐 날 있으리다

못 잊어 생각이 나겠지요
그런대로 세월만 가라시구려
못 잊어도 더러는 잊히오리다

그러나 또 한편 이렇지요
'그리워 살뜰히 못 잊는데
어쩌면 생각이 떠지나요?'

먼 후일

먼 훗날 당신이 찾으시면
그때에 내 말이 '잊었노라'

당신이 속으로 나무라면
'무척 그리다가 잊었노라'

그래도 당신이 나무라면
'믿기지 않아서 잊었노라'

오늘도 어제도 아니 잊고
먼 훗날 그때에 '잊었노라'

예전에 미처 몰랐어요

봄 가을 없이 밤마다 돋는 달도
예전에 미처 몰랐어요

이렇게 사무치게 그리울 줄도
예전에 미처 몰랐어요

달이 암만 밝아도 쳐다볼 줄을
예전에 미처 몰랐어요

이제금 저 달이 설움인 줄은
예전에 미처 몰랐어요

부모

낙엽이 우수수 떨어질 때,
겨울의 기나긴 밤,
어머님하고 둘이 앉아
옛 이야기 들어라.

나는 어쩌면 생겨 나와
이 이야기 듣는가?
묻지도 말아라, 내일 날에
내가 부모 되어서 알아보랴?

개여울

당신은 무슨 일로
그리합니까?
홀로이 개여울에 주저 앉아서

파릇한 풀포기가
돋아 나오고
잔물은 봄바람에 해적일 때에

가도 아주 가지는
않노라시던
그러한 약속이 있었겠지요.

날마다 개여울에
나와 앉아서
하염없이 무엇을 생각합니다.

가도 아주 가지는
않노라심은 굳이
잊지 말라는 부탁인지요.

초혼

산산이 부서진 이름이여!
허공 중에 헤어진 이름이여!
불러도 주인 없는 이름이여!
부르다가 내가 죽을 이름이여!

심중에 남아 있는 말 한 마디는
끝끝내 마저하지 못하였구나.
사랑하던 그 사람이여!
사랑하던 그 사람이여!

붉은 해는 서산 마루에 걸리었다.
사슴의 무리도 슬피 운다.
떨어져 나가 앉은 산 위에서
나는 그대의 이름을 부르노라.

설움에 겹도록 부르노라.
설움에 겹도록 부르노라.
부르는 소리는 빗겨 가지만
하늘과 땅 사이가 너무 넓구나.

> 선 채로 이 자리에 돌이 되어도
부르다가 내가 죽을 이름이여!
사랑하던 그 사람이여!
사랑하던 그 사람이여!

금잔디

잔디,
잔디,
금잔디
심심산천에 붙은 불은
가신 임 무덤가에 금잔디

봄이 왔네, 봄빛이 왔네.
버드나무 끝에도 실가지에
빛이 왔네, 봄날이 왔네.
심심산천에도 금잔디에.

김소월 1902년 평북 구성에서 태어났고, 1934년 사망했으며, 시집으로는 『진달래꽃』이 있다.

김기림

바다와 나비
향수
길

바다와 나비

아무도 그에게 수심을 일러 준 일이 없기에
흰 나비는 도무지 바다가 무섭지 않다.

청무우밭인가 해서 내려갔다가는
어린 날개가 물에 절어서
공주처럼 지쳐서 돌아온다.

삼월달 바다가 꽃이 피지 않아서 서글픈
나비 허리에 새파란 초생달이 시리다.

향수

나의 고향은
저 산 넘어 또 저 구름 밖
아라사의 소문이 자주 들리는 곳.

나는 문득
가로수 스치는 저녁바람 소리 속에서
여엄-염 송아지 부르는 소리를 듣고 멈춰 선다.

길

나의 소년시절은 은빛 바다가 엿보이는 그 긴 언덕길을 어머니의 상여와 함께 꼬부라져 돌아갔다.

내 첫사랑도 그 길 위에서 조약돌처럼 집었다가 조약돌처럼 잃어버렸다.

그래서 나는 푸른 하늘빛에 호져 때없이 그 길을 넘어 강가로 내려갔다가도 노을에 함북 자줏빛으로 젖어서 돌아오곤 했다.

그 강가에는 봄이, 여름이, 가을이, 겨울이 나의 나이와 함께 여러 번 댕겨갔다. 까마귀도 날아가고 두루미도 떠나간 다음에는 누런 모래둔과 그리고 어두운 내 마음이 남아서 몸서리쳤다. 그런 날은 항용 감기를 만나서 돌아와 앓았다.

할아버지도 언제 난지를 모른다는 마을 밖 그 늙은 버드나무 밑에서 나는 지금도 돌아오지 않는 어머니, 돌아오지 않는 계집애, 돌아오지 않는 이야기가 돌아올 것만 같아 멍하니 기다려 본다. 그러면 어느새 어둠이 기어와서 내 뺨의 얼룩을 씻어 준다.

김기림 1908년 함경북도 학성에서 태어났고, 한국전쟁 때 납북되어 1988년에 사망했다고 한다. 시집으로 『기상도氣象圖』, 『태양의 풍속』, 『바다와 나비』 등이 있다.

이용악

달 있는 제사

달빛 밟고 머나먼 길 오시리
두 손 합쳐 세 번 절하면 돌아오시리
어머닌 우시어
밤내 우시어
하아얀 박꽃 속에 이슬이 두어 방울

북쪽

북쪽은 고향
그 북쪽은 여인이 팔려간 나라
머언 산맥에 바람이 얼어붙을 때
다시 풀릴 때
시름 많은 북쪽 하늘에
마음은 눈 감을 줄 모른다

그리움

눈이 오는가 북쪽엔
함박눈 쏟아져 내리는가

험한 벼랑을 굽이굽이 돌아간
백무선 철길 위에
느릿느릿 밤새어 달리는
화물차의 검은 지붕에

연달린 산과 산 사이
너를 남기고 온
작은 마을에도 복된 눈 내리는가

잉크 병 얼어드는 이러한 밤에
어쩌자고 잠을 깨어
그리운 곳 차마 그리운 곳

눈이 오는가 북쪽엔
함박눈 쏟아져 내리는가

전라도 가시내

알룩조개에 입맞추며 자랐나
눈이 바다처럼 푸를 뿐더러 까무스레한 네 얼굴
가시내야
나는 발을 얼구며
무쇠다리를 건너온 함경도 사내

바람소리도 호개도 인전 무섭지 않다만
어두운 등불 밑 안개처럼 자욱한 시름을 달게 마시련다만
어디서 흉참한 기별이 뛰어들 것만 같애
두터운 벽도 이웃도 못 미더운 북간도 술막

온갖 방자의 말을 품고 왔다
눈포래를 뚫고 왔다
가시내야
너의 가슴 그늘진 숲속을 기어간 오솔길을 나는 헤매이자
술을 부어 남실남실 술을 따르어
가난한 이야기에 고이 잠궈다오

네 두만강을 건너왔다는 석 달 전이면
단풍이 물들어 천리 천리 또 천리 산마다 불탔을 겐데

그래두 외로워서 슬퍼서 초마폭으로 얼굴을 가렸더냐
두 낮 두 밤을 두루미처럼 울어 울어
불술기 구름 속을 달리는 양 유리창이 흐리더냐

차알삭 부서지는 파도소리에 취한 듯
때로 싸늘한 웃음이 소리 없이 새기는 보조개
가시내야
울듯 울듯 울지 않는 전라도 가시내야
두어 마디 너의 사투리로 때아닌 봄을 불러줄께
손때 수집은 분홍 댕기 휘휘 날리며
잠깐 너의 나라로 돌아가거라

이윽고 얼음길이 밝으면
나는 눈포래 휘감아치는 벌판에 우줄우줄 나설 게다
노래도 없이 사라질 게다
자욱도 없이 사라질 게다

꽃가루 속에

배추꽃 이랑을 노오란 배추꽃 이랑을
숨 가쁘게 마구 웃으며 달리는 것은
어디서 네가 나즉히 부르기 때문에
배추꽃 속에 살며시 흩어놓은 꽃가루 속에
나두야 숨어서 너를 부르고 싶기 때문에

강가

아들이 나오는 올겨울엔 걸어서라두
청진으로 가리란다
높은 벽돌담 밑에 섰다가
세 해나 못 본 아들을 찾아오리란다

그 늙은인
암소 따라 조이밭 저쪽에 사라지고
어느 길손이 밥 지은 자췬지
끄슬은 돌 두어 개 시름겨웁다

다리 우에서

바람이 거센 밤이면
몇 번이고 꺼지는 네모난 장명등을
궤짝 밟고 서서 몇 번이고 새로 밝힐 때
누나는
별 많은 밤이 되어 무섭다고 했다

국숫집 찾아가는 다리 우에서
문득 그리워지는
누나도 나도 어려선 국숫집 아이

단오도 설도 아닌 풀벌레 우는 가을철
단 하루
아버지의 제삿날만 일을 쉬고
어른처럼 곡을 했다

이용악 1914년 함경북도 경성에서 태어났고, 조선문학가동맹에 가담했으며, 한국전쟁 때 월북했다. 시집으로는 『오랑캐꽃』 등이 있다.

정지용

호수

1
얼굴 하나야
손바닥 둘로
폭 가리지만,

보고 싶은 마음
호수만 하니
눈 감을밖에.

2
오리 모가지는
호수를 감는다.

오리 모가지는
자꾸 간지러워.

유리창 · 1

유리에 차고 슬픈 것이 어른거린다.
열없이 붙어 서서 입김을 흐리우니
길들은 양 언 날개를 파닥거린다.
지우고 보고 지우고 보아도
새까만 밤이 밀려 나가고 밀려와 부딪히고,
물먹은 별이, 반짝, 보석처럼 박힌다.
밤에 홀로 유리를 닦는 것은
외로운 황홀한 심사이어니,
고운 폐혈관이 찢어진 채로
아아, 늬는 산새처럼 날아갔구나!

향수

넓은 벌 동쪽 끝으로
옛이야기 지줄대는 실개천이 휘돌아 나가고,
얼룩백이 황소가
해설피 금빛 게으른 울음을 우는 곳,

─그곳이 차마 꿈엔들 잊힐리야.

질화로에 재가 식어지면
비인 밭에 밤바람 소리 말을 달리고,
엷은 졸음에 겨운 늙으신 아버지가
짚베개를 돋아 고이시는 곳,

─그곳이 차마 꿈엔들 잊힐리야.

흙에서 자란 내 마음
파아란 하늘빛이 그리워
함부로 쏜 화살을 찾으려
풀섶 이슬에 함추름 휘적시던 곳,

─그곳이 차마 꿈엔들 잊힐리야.

>
전설 바다에 춤추는 밤물결 같은
검은 귀밑머리 날리는 어린 누이와
아무렇지도 않고 예쁠 것도 없는
사철 발 벗은 아내가
따가운 햇살을 등에 지고 이삭 줍던 곳,

―그곳이 차마 꿈엔들 잊힐리야.

하늘에는 성긴 별
알 수도 없는 모래성으로 발을 옮기고,
서리까마귀 우지짖고 지나가는 초라한 지붕,
흐릿한 불빛에 돌아앉아 도란도란거리는 곳,

―그곳이 차마 꿈엔들 잊힐리야.

난초

난초 잎은
차라리 수묵색.

난초 잎에
엷은 안개와 꿈이 오다.

난초 잎은
한밤에 여는 다문 입술이 있다.

난초 잎은
별빛에 눈 떴다 돌아눕다.

난초 잎은
드러난 팔굽이를 어쩌지 못한다.

난초 잎에
적은 바람이 오다.

난초 잎은
칩다.

바다 · 2

바다는 뿔뿔이
달아나려고 했다.

푸른 도마뱀 떼같이
재재발랐다.

꼬리가 이루
잡히지 않았다.

흰 발톱에 찢긴
산호보다 붉고 슬픈 생채기!

가까스로 몰아다 붙이고
변죽을 둘러 손질하여 물기를 씻었다.

이 앨쓴 海圖에
손을 씻고 떼었다.

찰찰 넘치도록
돌돌 구르도록

>

휘동그라니 받쳐 들었다!

지구는 연잎인 양 오므라들고…… 펴고……

정지용 1902년 충북 옥천에서 태어났고, 한국전쟁 때 월북 후, 1950년 북한에서 사망했다고 한다. 시집으로는 『정지용 시집』과 『백록담』이 있다.

김영랑

모란이 피기까지는

내 마음을 아실 이

돌담에 속상이는 햇발

모란이 피기까지는

모란이 피기까지는
나는 아직 나의 봄을 기둘리고 있을 테요
모란이 뚝뚝 떨어져버린 날
나는 비로소 봄을 여읜 설움에 잠길 테요
오월 어느 날 그 하루 무덥던 날
떨어져 누운 꽃잎마저 시들어버리고는
천지에 모란은 자취도 없어지고
뻗쳐오르던 내 보람 서운케 무너졌느니
모란이 지고 말면 그뿐 내 한 해는 다 가고 말아
삼백 예순 날 하냥 섭섭해 우옵네다
모란이 피기까지는
나는 아직 기둘리고 있을 테요 찬란한 슬픔의 봄을

내 마음을 아실 이

내 마음을 아실 이
내 혼자 마음 날같이 아실 이
그래도 어데나 계실 것이면

내 마음에 때때로 어리우는 티끌과
속임없는 눈물의 간곡한 방울방울
푸른 밤 고이 맺는 이슬 같은 보람을
보밴 듯 감추었다 내어 드리지

아! 그립다
내 혼자 마음 날같이 아실 이
꿈에나 아득히 보이는가

향 맑은 옥돌에 불이 달아
사랑은 타기도 하오련만
불빛에 연기 듯 희미론 마음은
사랑도 모르리 내 혼자 마음은

돌담에 속삭이는 햇발

돌담에 속삭이는 햇발같이
풀 아래 웃음 짓는 샘물같이
내 마음 고요히 고운 봄길 위에
오늘 하루 하늘을 우러르고 싶다

새악시 볼에 떠오는 부끄럼같이
詩의 가슴 살포시 젖는 물결같이
보드레한 에메랄드 얄게 흐르는
실비단 하늘을 바라보고 싶다

김영랑 (본명 김윤식)은 1903년 전남 강진에서 태어났고, 1950년 사망했다.
시집으로는 『영랑시집』이 있다.

반경환 명시감상

반경환 『애지』 주간 · 철학예술가

님의 침묵

한용운

님은 갔습니다. 아아, 사랑하는 나의 님은 갔습니다.

푸른 산빛을 깨치고 단풍나무 숲을 향하여 난 작은 길을 걸어서 차마 떨치고 갔습니다.

황금의 꽃같이 굳고 빛나던 옛 맹서는 차디찬 티끌이 되어서 한숨의 미풍으로 날아갔습니다.

날카로운 첫 키스의 추억은 나의 운명의 지침을 돌려 놓고 뒷걸음쳐서 사라졌습니다.

나는 향기로운 님의 말소리에 귀먹고, 꽃다운 님의 얼굴에 눈멀었습니다.

사랑도 사람의 일이라, 만날 때에 미리 떠날 것을 염려하고 경

계하지 아니한 것은 아니지만, 이별은 뜻밖의 일이 되고 놀란 가
슴은 새로운 슬픔에 터집니다.

그러나 이별을 쓸데없는 눈물의 원천을 만들고 마는 것은 스스
로 사랑을 깨치는 것인 줄 아는 까닭에, 걷잡을 수 없는 슬픔의
힘을 옮겨서 새 희망의 정수박이에 들어부었습니다.

우리는 만날 때에 떠날 것을 염려하는 것과 같이 떠날 때에 다
시 만날 것을 믿습니다.

아아, 님은 갔지마는 나는 님을 보내지 아니하였습니다.

제 곡조를 못 이기는 사랑의 노래는 님의 침묵을 휩싸고 돕
니다.

한용운은 시인이자 승려이고 독립운동가였다. 시인으로서,
승려로서, 독립운동가로서 한용운처럼 잘 알려진 인사도 없고,
그는 우리 한국인들의 영원한 이상이라고 할 수가 있다. 「님의
침묵」은 그의 대표작이며, "아아, 님은 갔지마는 나는 님을 보내
지 아니하였습니다"라는 시구는 최고급의 명구名句라고 할 수가
있다. 명구는 가장 유명한 시구이고, 명구는 잠언이고, 지혜이
다. 떠나간 님을 떠나 보내지 않은 님, 즉, 내 마음 속에 남아 있
는 님으로 더욱더 크게 끌어안고, 그 님과 함께, 천년 만년 영원
히 살아가겠다는 시인의 의지가 그 시구 속에는 각인되어 있는
것이다.

만일, 그렇다면 한용운의 「님의 침묵」의 '님'은 과연 누구란 말
인가? 님은 극존칭의 말이면서도 사랑하는 연인을 지칭하는 말
일 수도 있다. 하나님, 부처님, 예수님, 선생님 등은 극존칭의

말이고, '우리 님'할 때의 님은 사랑하는 연인, 즉, 나의 영원한 짝꿍이 될지도 모르는 연인을 뜻하는 말이다. "님은 갔습니다. 아아, 사랑하는 나의 님은 갔습니다/ 푸른 산빛을 깨치고 단풍나무 숲을 향하여 난 작은 길을 걸어서 차마 떨치고 갔습니다/ 황금의 꽃같이 굳고 빛나던 옛 맹서는 차디찬 티끌이 되어서 한숨의 미풍으로 날아갔습니다"라는 시구는 너무나도 안타깝고, 또 안타까운 마음의 소산이며, 그 안타까움이 이처럼 비탄조로 울려퍼지고 있는 것이다. 나와 님은 영원히 함께 살 것을 황금의 꽃같이 굳게 맹서를 했지만, 그러나 이 굳은 맹서마저도 차디찬 티끌이 되어서 한숨의 미풍으로 날아갈 수밖에 없었던 것이다. 사랑하는 님은 떠나갔지만, 나는 님을 떠나보내지 않았고, 사랑하는 님은 나를 떠나갔지만, 그러나 그 님은 차마 발걸음이 떨어지지 않아 그 마음을, 그 사랑을 내 마음 속에 남겨두고 떠나갔던 것이다.

님은 부처일 수도 있고, 스승일 수도 있고, 님은 사랑하는 연인일 수도 있다. 님도 나를 사랑했고, 나도 님을 사랑했다. 하지만, 그러나 날카로운 첫키스란 무엇을 의미하며, 왜, 그는 달콤한 키스나 부드러운 키스 대신 날카로운 첫키스라고 쓰게 되었던 것일까? 날카롭다는 것은 제일급의 검객의 칼날을 뜻하고, 따라서 날카로운 첫키스는 첫눈에, 서로가 서로의 마음과 그 지적 수준을 꿰뚫어 보았다는 것을 뜻한다. 교외별전敎外別傳이며, 이심전심以心傳心이고, 영원한 연인과도 같은 일체동심의 마음을 뜻한다. 한용운의 '님'은 상호존중의 마음이 연인과도 같았다는 것을 뜻하고, 그 '님'은 영원히 나와 함께 살고, 나와 함께 죽어가야 할 '님'이라고 해도 틀린 말이 아니다. 나도 님의 말소리에 귀가 먹었고, 님도 나의 말소리에 귀가 먹었다. 나도 님의 꽃다운 얼굴에 눈이 멀었고, 님도 나의 꽃다운 얼굴에 눈이 멀었다. 마음과 마음, 또는 뜻과 뜻이 통하면 귀가 먹고 눈이 멀게 된다. "사랑도 사람의 일이라, 만날 때에 미리 떠날 것을 염려하고 경계하지 아니한 것은 아니지만, 이별은 뜻밖의 일이 되고 놀란 가슴은 새로운 슬픔"으로 터지게 된다. 눈 멀고 귀 먹은 사랑은 방심하게 되고, 이처럼 방심한 사랑은 반드시 크나큰 대가를 치르게 된다. 이별은 뜻밖의 일이 되고, 놀란 가슴은 슬픔으로 터진다.

나와 님의 사랑은 육체적인 사랑도 아니고, 단순한 친구 사이의 우정도 아니다. 나와 님의 사랑은 지적인 사랑이며, 상호간의 존경의 사랑이다. 이때의 존경은 찬양과 숭배와도 같은 사랑이며, 따라서 "걷잡을 수 없는 슬픔의 힘을 옮겨서 새 희망의 정수박이에" 들이붓는 사랑이 된다. 슬픔을 새 희망의 씨앗으로 변모시키고, 그 결과, "만날 때에 떠날 것을 염려하는 것과 같이 떠날 때에 다시 만날 것을" 믿게 된다.

슬픔을 새희망으로 변모시키고, 이별을 새로운 만남으로 변모시키는 사랑의 힘이 한용운의「님의 침묵」의 진수라고 할 수가 있는 것이다.

님은 떠나갔지만, 나는 님을 떠나보내지 않았다. 그 님은 떠난 님이고, 영원한 극락세계로 승천한 님이고, 내 마음 속에, 나와 함께 영원히 살고 있는 님이다.

제 곡조를 못이기는 사랑 노래도 슬프고, 이 사랑 노래를 감싸고 도는 님의 침묵도 슬프다.

다시 만날 수도 없고, 함께 살 수도 없는 님을 생각하면 슬프지만, 그러나 그 슬픔은 님을 생각하고, 또, 님과 함께 영원히 살수 있는 희망이 되어준다.

슬픔은 기억이고, 희망이고, 슬픔은 새로운 신세계의 영원한원동력이다.

알 수 없어요

한용운

　바람도 없는 공중에 수직垂直의 파문을 내이며, 고요히 떨어지
는 오동잎은 누구의 발자취입니까.

　지리한 장마 끝에 서풍에 몰려가는 무서운 검은 구름의 터진
틈으로, 언뜻 언뜻 보이는 푸른 하늘은 누구의 얼굴입니까.

　꽃도 없는 길은 나무에 푸른 이끼를 거쳐서, 옛 탑塔위의 고요
한 하늘을 스치는 알 수 없는 향기는 누구의 입김입니까.

　근원은 알지도 못할 곳에서 나서, 돌부리를 울리고 가늘게 흐
르는 작은 시내는 굽이굽이 누구의 노래입니까.

　연꽃 같은 발꿈치로 가이 없는 바다를 밟고, 옥같은 손으로 끝
없는 하늘을 만지면서, 떨어지는 날을 곱게 단장하는 저녁놀은
누구의 시詩입니까.

　타고 남은 재가 다시 기름이 됩니다. 그칠 줄을 모르고 타는 나
의 가슴은 누구의 밤을 지키는 약한 등불입니까.

　제우스의 생몰년대를 아는 사람도 없고, 예수의 생몰년대를
아는 사람도 없다. 알라의 생몰년대를 아는 사람도 없고, 부처의
생몰년대를 아는 사람도 없다. 제우스, 예수, 알라, 부처는 우리
인간들이 우리 인간들의 이상적인 소망에 따라 제멋대로 창출해
낸 허상에 지나지 않는다. 신은 없고, 신이라는 이름과 그림만이
존재한다. 모든 신들은 수많은 시인들이 창출해낸 허상이며, 이

허상에 구체적인 상을 부여한 것이 우리들의 화가라고 할 수가 있다. 호머와 헤시오드스와 부처와 예수가 시인들이라면, 미켈란젤로와 라파엘로와 레오나르도 다빈치는 화가들이라고 할 수가 있다. 시인들은 신들의 성격과 이념과 사상을 부여했고, 화가들은 이 시인들의 말을 따라서 그 상을 부여했던 것이다. 예로부터 지금까지, 어느 누구도 신을 만난 적도 없고, 신의 목소리를 들은 적도 없다.

최초에 이 세계는 어떻게 창조되었고, 이 세계는 과연 어느 누가 창조했는가? 아버지의 아버지, 즉, 최초의 아버지는 누구이며, 인간은 어떻게 해서 창조되었는가? 과연 인간의 영혼은 불멸이고, 내세의 천국은 있으며, 우리가 죽은 다음에 다시 태어날 수가 있는 것일까? 원자와 원자의 결합에 의하여 대폭발이 일어나고, 이 대폭발에 의하여 이 세계가 창조되었다는 것이 자연과학적인 정답이지만, 그러나 이 형이상학적인 화두話頭들은 영원히 풀리지 않는 수수께끼와도 같다고 하지 않을 수가 없다. 근원에 대한 물음이나 인간 존재에 대한 물음은 판단중지된 물음이며, 영원히 해명되지 않을 물음일는지도 모른다.

바람도 없는 공중에 수직垂直의 파문을 내이며, 고요히 떨어지는 오동잎은 누구의 발자취입니까.

지리한 장마 끝에 서풍에 몰려가는 무서운 검은 구름의 터진 틈으로, 언뜻 언뜻 보이는 푸른 하늘은 누구의 얼굴입니까.

꽃도 없는 깊은 나무에 푸른 이끼를 거쳐서, 옛 탑塔 위의 고요한 하늘을 스치는 알 수 없는 향기는 누구의 입김입니까.

근원은 알지도 못할 곳에서 나서, 돌부리를 울리고 가늘게 흐르는 작은 시내는 굽이굽이 누구의 노래입니까.

　연꽃 같은 발꿈치로 가이 없는 바다를 밟고, 옥같은 손으로 끝없는 하늘을 만지면서, 떨어지는 날을 곱게 단장하는 저녁놀은 누구의 시詩입니까.

　타고 남은 재가 다시 기름이 됩니다. 그칠 줄을 모르고 타는 나의 가슴은 누구의 밤을 지키는 약한 등불입니까.

　한용운 시인의 「알 수 없어요」는 존재의 근원에 대한 물음이며, 형이상학적인 물음의 극치라고 할 수가 있다. 바람도 없는 공중에서 떨어지는 오동잎도 신비롭고, 무서운 검은 구름의 터진 틈으로 언뜻 언뜻 보이는 푸른 하늘도 신비롭다. 옛 탑塔 위의 고요한 하늘을 스치는 알 수 없는 향기는 누구의 입김과도 같고, 근원은 알지도 못할 곳에서 나서, 돌부리를 울리고 가늘게 흐르는 작은 시내는 굽이굽이 누구의 노래와도 같다. 연꽃 같은 발꿈치로 가이 없는 바다를 밟고, 옥같은 손으로 끝없는 하늘을 만지면서, 떨어지는 날을 곱게 단장하는 저녁놀은 누구의 시詩와도 같고, 타고 남은 재가 기름이 되듯이, 그칠 줄 모르고 타는 나의 가슴은 누구의 밤을 지키는 약한 등불과도 같다. 한용운 시인의 「알 수 없어요」는 제일급의 명시이며, 불교적인 윤회사상의 진수라고 할 수가 있다.

　오동잎의 발자취도 알 수 없고, 푸른 하늘의 얼굴도 알 수 없다. 누구의 입김같은 향기도 알 수 없고, 누구의 노래같은 시냇물 소리도 알 수 없고, 누구의 시와도 같은 저녁놀도 알 수 없다.

하지만, 그러나 이 엄숙하고 거룩한 분위기는 '알 수 없는 힘'을 가동시키는 존재(부처)의 위용에 맞닿아 있고, '알 수 없음'이 '알 수 없음'으로 타오르면서 아름답고 황홀한 저녁놀이 되고 시가 된다. 단어 하나, 토씨 하나에도 시인의 혼이 담겨 있고, 더없이 아름답고 뛰어난 시구들과 타고 남은 재가 기름이 되듯이 그 약한 등불을 켜고 있는 시적 화자에게도 시인의 혼이 담겨 있다.

모든 것이 태어나고 모든 것이 죽는다. 모든 것이 죽고 모든 것이 다시 태어난다. 이 윤회사상이 정답이고, '알 수 없어요'는 이제 '알 수 있어요'가 된다. 원자와 원자의 결합에 의하여 이 세계는 태어났고, 원자와 원자의 분리에 의하여 이 세계의 모든 생명체들은 죽어간다. 원자와 원자의 분리에 의하여 모든 생명체들이 죽어가고, 원자와 원자의 결합에 의하여 이 세계가 태어난다.

신은 없다.

이 세계의 창조주는 자연이며, 자연만이 위대하고, 또, 위대하다.

아름답고 성스러운 로마교황청을 지켜주는 것은 신이 아닌 피뢰침이고, 이 수많은 성당들과 성상들을 비웃으면서 수많은 새들이 똥을 찍 갈기고 간다.

이 망할 놈의 광신도들아, 신은 애초부터 존재하지도 않았다.

서시

윤동주

죽는 날까지 하늘을 우러러
한 점 부끄럼이 없기를,
잎새에 이는 바람에도
나는 괴로워했다.
별을 노래하는 마음으로
모든 죽어 가는 것을 사랑해야지
그리고 나한테 주어진 길을 걸어가야겠다.

오늘 밤에도 별이 바람에 스치운다.

경의란 무엇인가? 경의란 우리를 한없이 부끄럽게 하고, 끊임없이 존경을 표하게 하는 그 모든 것이다. 경의를 표할 줄 아는 자는 자기 자신을 끊임없이 단죄를 하고, 자기 자신을 높이높이 끌어올리며, 끝끝내는 자기 자신을 경의의 대상으로 만들어 놓고 만다. 모든 학문은 이 최고급의 인식욕에 불타는 자—경의를 표할 줄 아는 자—들이 이끌어 온 것이며, 나는 이 자리에서 우리가 어떻게 경의를 표하지 않고 전인류의 스승이 될 수 있는가를 묻고 싶은 것이다. 전인류의 스승은 마치, 밤하늘의 별처럼, 경의의 대상이며, 우리는 그 스승의 말과 행동과 그 숨소리까지도 닮을 수 있도록 자기 자신과 그 스승을 일치시켜 나가지 않으면 안 된다. 모든 것을 부정하고 비판하기 이전에, 우리는 좀 더 겸손하게 경의를 표하는 법부터 배워나가지 않으면 안 된다.

윤동주 시인은 1917년 만주 용정에서 태어났고, 연희전문학교를 거쳐 일본의 도시샤 대학 재학 중, 항일운동 혐의로 체포되어 1945년 '후쿠오카 형무소'에서 사망을 했다. 운동주 시인의 「서시」의 별은 경의의 대상이며, 그는 이 별 앞에서 더없이 겸손한 자세로 자기 자신을 단죄하고, 그 별의 사상과 이념에 따라서, 자기 자신의 행복을 연주해 나가겠다고 다짐을 하고 있는 것이다. "별을 노래하는 마음으로/ 모든 죽어 가는 것을 사랑해야지/ 그리고 나한테 주어진 길을 걸어가야겠다"라는 시구는 그의 삶의 목표가 되고, "죽는 날까지 하늘을 우러러/ 한 점 부끄럼이 없기를/ 잎새에 이는 바람에도/ 나는 괴로워했다"라는 시구는 그의 삶의 태도가 된다. 별은 밤하늘의 별일 수도 있고, 대한민국의 별일 수도 있다. 별은 우리 한국인들의 별일 수도 있고, 전 인류의 스승들의 별일 수도 있다. 별은 어둠 속에서 어둠을 밝혀주고, 우리 한국인들을 미래의 이상낙원으로 인도해준다. 윤동주 시인의 「서시」의 별은 대단히 상징적이고 함축적이며, 윤동주 시인의 이상적 목표이자 그 모든 것이라고 할 수가 있다.

밤하늘의 별, 대한민국의 별, 우리 한국인들의 별, 자유와 평등과 사랑으로 인도해주는 별—. 윤동주 시인은 그 별들의 나라에 다가가기 위해 "죽는 날까지 하늘을 우러러/ 한 점 부끄럼이 없기를" 희망하고, 따라서 "잎새에 이는 바람에도" 괴로워하지 않으면 안 되었던 것이다. 도덕적으로 옳지 않은 것은 그 어떤 목적도 합리화될 수가 없다. 모든 학문, 예술, 정치, 경제, 문화의 토대는 도덕이고, 이 도덕의 토대 위에서만이—그것이 대민민국의 독립이든, 자유 민주주의 국가이든지 간에—그 목적이 정당화될 수가 있다. 죽는 날까지 하늘을 우러러 한 점 부끄러움이 없기를 바란다는 것은 십자가를 진 예수와도 같고, "내 고난에 썩고 썩은 사람, 그 어떠한 고통과도 싸워 이겨 보겠다"라는 오딧세우스와도 같다. 나는 윤동주 시인의 별이 영원한 조국의 별과 영원한 우리 한국인들의 별로 생각하고 있지만, 아무튼 그는 이 '영원한 별나라'에 가기 위하여 자기 스스로 십자가를 진 순교자가 되지 않을 수가 없었던 것이다. 「서시」는 그의 순교의 씨앗이 되고, "잎새에 이는 바람—비록, 그것이 일제의 만행일지라도—은 그의 순교의 꽃이 되고, 그리하여, 마침내 "별을 노래하는 마음으로/ 모든 죽어 가는 것을 사랑해야지/ 그리고 나한테 주어진 길을 걸어가야겠다"라는 시구는 순교자로서의 그의 생애를 완성시켜 주었던 것이다. 떡잎을 보면 그 나무의 미래를 알 수가 있다. 윤동주 시인의 순교자로서의 생애와 대한민국 최고의 시인으로서의 등극은 이처럼 예정되어 있었던 것이다.

우리 한국인들이 일본인에게 경의를 표할 줄 알았다면 일본을 극복하고 문화선진국이 되었을 것이고, 우리 한국인들이 미국인에게 경의를 표할 줄 알았다면 미국을 극복하고 남북통일을 이룩했을 것이다. 경의를 표할 줄 아는 자는 부끄러움을 아는 자이며, 부끄러움을 아는 자는 타인의 장점과 그 위대함을 배우고 자기 자신을 높이높이 끌어올리게 된다. 경의를 표할 줄 안다는 것은 고귀함과 위대함이 무엇인지 안다는 것이며, 고귀함과 위대함이 무엇인지 안다는 것은 자기가 자기 스스로를 끊임없이 고통의 지옥훈련과정으로 몰아넣으며, 끝끝내 새로운 미래의 인간, 즉, 전인류의 스승으로 다시 태어날 수 있다는 것을 뜻한다. 모든 것은 예정되어 있고, 따라서 모든 것은 고귀하고 위대한 것에 대한 경의를 표하는 것으로부터 시작된다고 하지 않을 수가 없다.

문득, "죽는 날까지 하늘을 우러러/ 한 점 부끄럼이 없기를/ 잎새에 이는 바람에도/ 나는 괴로워했다"라는 윤동주 시인의 「서시」를 읽으면서도, 윤동주 시인의 순교자적인 죽음과 이 「서시」의 시적 성과마저도 다 '헛되고 헛되다'라는 생각이 들기도 한다. 기초생활질서를 안 지키는 것도 패망의 길이고, 주입식 암기교육도 패망의 길이다. 표절도 패망의 길이고, 부정부패도 패망의 길이다. 스스로 자발적으로 너무나도 분명하고 확실하게 패망의 길을 걸어가고 있는 우리 한국인들에게 윤동주 시인의 「서시」가 다 무슨 소용이 있단 말인가?

우리 한국인들은 사상적으로나 학문적으로 이미 거세를 당했기 때문에 부끄러움을 모르고, 이 부끄러움을 모르기 때문에 그 모든 망국적인 일들을 다 연출해낸다. 박정희의 군사쿠테타와 유신독재, 전두환-노태우 일당들의 신군부쿠테타와 군사독재, 김현철, 김홍일, 이명박, 최순실, 박근혜의 국정농단사태들이 바로 그것을 말해주고, 또한 '이게 나라냐?'라는 자조적인 한탄의 목소리들이 바로 그것을 말해준다.

박근혜 탄핵이후, 전국민의 폭발적인 성원과 그 지지 속에 탄생한 문재인 정권—. 하지만, 그러나 문재인 정권의 5대공약, 즉, 표절, 탈세, 병역기피, 위장전입, 부동산투기자들을 임용하지 않겠다는 공약에 발목이 잡혀 취임 한 달이 지났는데도 교육부 장관, 국방부 장관, 법무부 장관, 검찰총장 등의 후보자조차도 내정을 하지 못하고 있다. 이처럼 망국의 수렁은 넓고도 깊다. 요컨대 "죽는 날까지 하늘을 우러러/ 한 점 부끄럼이 없기를" 바랄 그 별, 즉, 대한민국이 없는 것이다.

"대한민국, 네가 도깨비냐? 나라냐?"

또다른 고향

윤동주

고향에 돌아온 날 밤에
내 백골이 따라와 한방에 누웠다.

어둔 방은 우주로 통하고
하늘에선가 소리처럼 바람이 불어온다.

어둠속에 곱게 풍화작용하는
백골을 들여다 보며
눈물 짓는 것이 내가 우는 것이냐
백골이 우는 것이냐
아름다운 혼이 우는 것이냐

지조 높은 개는
밤을 새워 어둠을 짖는다.

어둠을 짖는 개는
나를 쫓는 것일 게다.

가자 가자
쫓기우는 사람처럼 가자

백골 몰래

아름다운 또 다른 고향에 가자.

나는 단 하나의 '나'가 아니라 수많은 '나'로 구성되어 있고, 이 수많은 '나'를 어떻게 구성하고 이끌어나가고 있느냐에 따라서 나의 존재론적 위상이 달라지게 된다. 사적인 개인으로서의 나일 수도 있고, 한 집안의 가장으로서의 나일 수도 있다. 대학총장으로서의 나일 수도 있고, 대통령으로서의 나일 수도 있다. 무한한 욕망의 화신으로서의 나일 수도 있고, 이상과 욕망을 적절히 조정하고 제어할 수 있는 나일 수도 있고, 인간의 욕망과 현실을 무시하고 머나먼 이상을 쫓아가는 나일 수도 있다. 이처럼 수많은 나와 수많은 나들의 만남의 장소가 나의 정신이며, 이 수많은 나들이 그 모든 능력과 지식의 총체로서 조화를 이룰 때, 나는 수많은 사람들의 존경과 찬사를 받는 문화적 영웅이 될 수가 있다. 이 수많은 나들은 잠재적 자아와 현실적 자아, 그리고 이상적 자아로 그 유형들을 분류할 수가 있으며, 한국시문학사상 가장 모범적인 사례가 윤동주 시인이라고 할 수가 있다.

"고향에 돌아온 날 밤에/ 내 백골이 따라와 한방에 누웠다"라는 시구에서의 나는 현실적 자아가 되고, 백골은 잠재적 자아가 된다. 백골은 그 욕망의 실현을 꿈꾸다가 죽어버린 잠재적 자아가 되고, 그 백골을 들여다 보며 눈물 짓는 나는 그 잠재적 자아의 죽음을 슬퍼하는 현실적 자아가 된다. 다시 말해서 백골을 들여다 보며 눈물 짓는 것이 현실적 자아가 될 때, 그는 백골의 무모함(잠재적 자아의 무모함)을 안타까워 하는 자가 되고, 백골이 스스로 자기 자신의 죽음을 들여다 보는 잠재적 자아가 될 때, 그는 자기 자신의 욕망의 실패를 안타까워 하는 자가 되고, 그리고 마지막으로, 백골을 들여다 보며 우는 것이 이상적 자아인 '아름다운 혼'이 될 때, 그는 잠재적 자아와 현실적 자아 사이에서 그 이상적인 꿈을 실현하지 못한 것에 대한 원통함 때문에 우는 자가 될 수도 있다. 아무튼 백골은 그의 잠재적 자아와 현실적 자아와 이상적 자아의 총체로서 그의 전면적인 실패를 뜻한다고 해도 틀림이 없다. 낙향은 실패한 인간이 고향으로 돌아온 것을 뜻하고, 낙백은 뜻을 얻지 못하고 넋을 잃어버린 것을 말한다. 수구초심首丘初心이라는 말이 있듯이, 윤동주 시인의 고향은 이 세상과의 싸움에서 전면적인 실패를 이룩한 시인이 돌아간 곳을 뜻하지만, 그러나 이제는 그 고향마저도 더 이상 그를 따뜻하게 맞이하여 주는 그런 고향이 아니었던 것이다.

도덕은 자유의 존재근거가 되고, 자유는 도덕의 실천 근거가 된다. 윤동주 시인은 '부끄러움의 시학'의 완성자이며, 이 '부끄러움의 시학'에 비추어 볼 때, 그의 실패—그것이 대 서정시인의 꿈이든, 대한독립이든지 간에—는 그의 양심의 가책이 되고, 따라서 자기 자신을 이처럼 백골로 희화화시키고, 그 백골의 형태를 꾸짖게 되는 것이다. 시인은 꿈을 잃어버렸던 것이고, 꿈을 잃어버린 시인은 백골이 되었던 것이다. 이 꾸짖음의 극치가 '지조 높은 개'이며, 이 지조 높은 개는 자기가 자기 자신의 유령(백골)을 쫓아버리는 파수꾼이 되었다는 것을 뜻한다. "너는 윤씨 가문의 자랑스러운 후손도 아니고, 너는 더군다나 자랑스러운 한국인도 아니다. 이곳은 네가 태어난 곳도 아니고, 너와도 같은 문약한 패배주의자가 머물만한 곳도 아니다. 자, 이 밤이 밝기 전에 어서 빨리 이곳을 떠나가거라!"

윤동주 시인은 그의 일생내내 자랑스러운 도덕군자가 되고 싶었던 것이고, 이처럼 자기 스스로 그 무엇보다도 '지조 높은 개'를 키우며, 자기 자신을 끊임없이 꾸짖고 단죄를 해왔던 것이다.

> 가자 가자
> 쫓기우는 사람처럼 가자
> 백골 몰래
> 아름다운 또 다른 고향에 가자.

하지만, 그러나 그는 결국 또 다른 고향에 갈 수가 없다. 왜냐하면 지조 높은 개는 그의 '아름다운 혼'이 키우는 또 하나의 고향이기 때문이다.

아름다운 혼을 지닌 자는 고향을 떠나가도 고향에 살고, 아름다운 혼을 지닌 자는 고향에 살아도 또다른 고향에서 살아간다.

鳥瞰圖

　—詩第九號 銃口

이상

매일같이熱風이불드니드디어내허리에큼직한손이와닿는다.恍
惚한指紋골작이로내땀내가스며드자마자쏘아라.쏘으리로다.나
는내消化器管에묵직한銃身을느끼고내다물은입에매끈매끈한銃
口를느낀다.그리드니나는銃쏘으드키눈을감으며한방銃彈대신에
나는참나의입으로무엇을내어배알었드냐.

　주지하다시피 이상은 대한민국 최초의 전위주의자이며, 그는
초현실주의라는 사상과 기법을 통하여 그 전위주의자의 길을 걸
어갔다고 하지 않을 수가 없다. 그의「오감도 —시제9호 총구」는 자
유연상과 자동기술—기지, 반어, 역설, 언어유희 등을 포함하여
—의 기법을 가장 잘 활용한 시이며, 그것을 산문적으로 풀이해
보면 이렇게 될 것이다.

　　1, 매일같이 큼직한 손으로 허리(가슴)를 쥐어짜듯 열이 나고;
　　2, 그러자 수많은 땀구멍에서 식은땀이 솟아나오듯이 구역질
이 치밀어 오름과 동시에;
　　3, 이윽고 나는 나의 입(총구)으로 시뻘건 피를 토해내게 되
었다:

이상의 시, 「오감도 ─시제9호 총구」는 상호간에 아무런 관련도 없을 것 같은 이미지들, 예컨대, '열풍, 큼직한 손, 황홀한 지문, 소화기관, 총구' 등의 이미지들이, 그러나 그가 폐결핵 말기의 환자였다는 사실을 생각할 때는 너무나도 명료하게 이해가 되고, 그가 그의 객혈과정을 총기의 발사과정으로 상징적이고 함축적으로 희화화시켜 놓았다는 사실도 알 수가 있을 것이다. 띄어쓰기를 무시한 줄글과 타인의 생각과 그 의사가 개입할 여지가 없는 속도감은 그가 자동기술과 자유연상의 기법을 매우 잘 활용했다고 하지 않을 수가 없는 것이다. 희화화란 어떤 대상이나 인물을 익살스럽게 묘사하는 것을 말하고, 따라서 그가 자기 자신을 희화화시킨 이면에는 건강한 인간으로 살고 싶다는 소망이 담겨 있었다는 것을 뜻한다. 이상의 초현실주의적인 기법은 이밖에도 거꾸로 된 숫자, 화학방정식, 의학용어, 해괴한 실험도면까지도 가장 적극적으로 활용하게 되었고, 그는 그의 꿈과 이상, 개인의 자유와 인간해방을 위하여 그의 의식과 무의식을 자유 자재롭게 넘나드는 과감한 형태파괴의 시를 낳게 된 것이라고 해도 지나친 말이 아니다. 끊임없이 이의를 제기하는 것, 언제, 어느 때나 냉소적이며 조롱하기를 좋아하는 것은 건강함의 징후이며, 단 하나의 진리와 절대적인 모든 것은 병적인 어떤 것이다. 이상의 병은 건강함의 징후이며, 그는 그 건강함을 통하여 극단적으로 자기 자신을 희생시키고 그 신성모독자(전위주의자)의 삶을 살다가 갔던 것인지도 모른다(반경환, 「전위주의란 무엇인가」, 『비판, 비판, 그리고 또 비판 2』에서).

危篤

　—白畫

이상

　내두루매기깃에달린貞操빼지를내어보였드니들어가도좋다고
그린다.들어가도좋다든女人이바로제게좀鮮明한貞操가있으니
어떠냐.나더러世上에서얼마짜리貨幣노릇을하는세음이냐는뜻
이다.나는일부러다흥헝겊을흔들었드니竊窕하다든貞操가성을낸
다.그리고는七面鳥처럼쩔절맨다.

　이인원 시인이 언어의 정체에 대한 명확한 통찰과 함께, 원초
적으로 거짓에 오염되어 있는 말들의 기원을 폭로하고 있다면,
이상 시인은 비록, 음담이기는 하지만, 고급 유모어로서의 거
짓말들이 통용되고 있는 삶의 현장을 보여주고 있는 것처럼도
보인다. 「危篤」의 주인공의 "내 두루매기 깃에 달린 貞操빼지"
는 속으로는 이무기가 다 되어버린 백수건달의 정조빼지이고,
이미 산전수전을 다 겪은 홍등가의 여인은 "자신의 鮮明한 貞
操"—이때의 선명한 정조는 뭇 사내들을 제 마음대로 요리할 수
있는 여인의 섹스의 기교를 뜻한다—로서 그 신사의 지갑을 노
리고 있는 것처럼도 보인다. 하지만 겉으로는 점잖고 말쑥한 신
사의 정조빼지로서 홍등가의 여인을 유혹하는 백수건달의 솜
씨나 전혀 정숙하지 않으면서도 그것을 노골적으로 드러내 놓
고 백수건달을 유혹하는 여인의 솜씨는 똑같다고 하지 않을 수

가 없다. 「危篤」은 백수건달과 홍등가의 여인의 섭외 장면과 말싸움의 과정을 고급 유우머의 차원에서 묘사하고 있는 시이기는 하지만, 그 싸움에서 승리를 거두는 것은 "나는 일부러 다홍형겊을 흔들었다"는 백수건달인데, 왜냐하면 그는 처녀만을 상대하겠다는 뜻을 내보였기 때문이다. 다홍형겊은 처녀성의 의미를 뜻하고, "窈窕하다든 貞操가 성을 낸다. 그리고는 七面鳥처럼 쩔절맨다"는 이미, 처녀성을 상실한 여인의 분노—툇짜를 맞은 여인의 분노—를 뜻한다. 이상의 시, 「危篤」이 '위독'인 것은 백수건달과 홍등가의 여인 사이에 주고 받는 말들이 더욱더 오염되어 있기 때문이고, 서로가 서로를 속이고 속일 수밖에 없는 기만적인 삶의 현장을 희화화할 수밖에 없었기 때문일는지도 모른다. 그들이 주고 받는 말들 사이에는 무자비하고 교활한 간계만이 있을 뿐, 그 주체자들의 진실되고 선량한 의사가 담긴 말로서의 흔적은 그 어디에서도 찾아볼 수가 없다. 이상 시인이 「危篤」이라는 시를 통하여 거짓말에 오염되어 있는 언어와 우리들의 인간 관계를 폭로하고 있기는 하지만, 다른 한편에서는 거짓에의 의지가 우리 인간들의 삶에의 의지라는 사실을 역설적으로 증명해 주고 있는 것처럼도 보인다. 도덕이 도덕인 것은 그것이 강자의 힘으로써 무장되어 있기 때문이고, 진실이 진실인 것은 그것이 무자비하고 교활한 간계로써 무장되어 있기 때문이다. 우리 인간들은 상호 간의 거짓에의 의지를 통해서 생존경쟁이라는 피 눈물나는 싸움을 할 수밖에 없고, 그 싸움에서 패배하고 탈락하지 않기 위해서 온갖 지혜를 다 동원할 수밖에 없게 된다. 모든 말들의 기원에도 거짓말이 있고, 모든 지혜의 기원에도 거짓말이 있다(반경환, 『행복의 깊이』 제2권).

흰 밤

백석

옛 성의 돌담에 달이 올랐다
묵은 초가지붕에 박이
또 하나 달같이 하이얗게 빛난다
언젠가 마을에서 수절과부 하나가 목을 매어 죽은 밤도 이러
한 밤이었다

시 속에 그림이 있고, 그림 속에 시가 있다. 옛 성의 돌담에 떠
오른 달과 묵은 초가지붕에 또하나의 달같이 하얗게 빛나는 박
─. 이처럼 어스름하고 환한 달밤은 수절과부가 그리움과 외로
움에 사무쳐 목을 매달아 죽을 수도 있었을 것이다.

백석 시인은 이미지스트이자 탐미주의자이다. 이미지스트는
언어를 사물화하고, 탐미주의자는 언어와 사물을 가장 아름답
고 화려하게 결합시킨다.

옛 성의 돌담에는 묵은 초가집이 화답하고, 밤 하늘의 달에는
초가지붕의 하얀 박이 화답한다. 옛 성과 묵은 초가집은 이제는
역사의 뒤안길을 뜻하고, 밤 하늘의 달과 초가지붕의 박은 아무
런 효용가치도 없는 사물을 뜻한다. 역사의 시계바늘은 멈추어
섰고, 옛 성과 초가집과 밤 하늘의 달과 초가지붕의 박도 그 주
연 배우들을 잃었으며, 다만, "언젠가 마을에서" 목을 매달아 죽
은 수절과부의 흔적만이 남아 있을 뿐이었다.

백석 시인의 「흰 밤」의 주요 무대는 폐허이다. 저절로 눈물이 핑 돌 만큼 아름다운 폐허이고, 수절과부처럼, 이 세상의 삶을 너무나도 처절하고 의연하게 마감하고 싶어지기도 한다.

이미지스트로서의 백석, 탐미주의자로서의 백석을 생각해보다가 나는 문득 말놀이를 하고 싶어진다. 언어와 사물이 연애를 한다. 언어가 사물을 사랑한다고 하면, 사물도 언어를 사랑한다고 말한다. 언어와 사물이 서로가 서로를 헐뜯고 싸움을 한다. 언어가 사물의 외도를 질투하면, 사물도 언어의 외도를 질투한다. 언어와 사물이 다같이 동일한 사물과 동일한 언어와 바람을 피웠기 때문이다.

언어와 사물이 "이제 우리 사이는 다 끝났어"라고 서로가 서로를 돌아보지도 않은 채 결별을 선언한다. 언어가 사물의 모습을 정반대로 표현했다면, 사물 역시도 언어의 모습을 정반대로 표현했기 때문이다. 언어는 사물의 영혼이고, 사물은 언어의 육체이다. 하지만, 그러나 언어와 사물, 또는 영혼과 육체는 일심동체이기보다는 불완전한 존재일 때가 더 많은 데, 왜냐하면 영혼과 육체가 분리된 이후, 서로가 서로의 짝을 찾지 못하고 있기 때문이다.

언어는 사물을 그리워하고, 사물은 언어를 그리워한다. 시가 그림이 되고, 그림이 시가 된다. 이미지스트는 은유와 상징의 기법에 능하고, 은유와 상징의 기법에 능한 시인의 시는 그만큼 울림이 크고, 역사 철학적인 깊이를 갖게 된다.

언어와 사물의 연애, 언어와 사물의 질투, 언어와 사물의 말다

툼, 언어와 사물의 대사기극과 치정, 언어와 사물의 대혈투와 전쟁―. 우리 인간들은 따지고 보면 언어와 사물의 영원한 노예에 지나지 않는다.

언어와 사물은 우리 인간들의 영원한 주인이며, 우리 인간들의 운명은 언어와 사물의 명령에 달려 있다고 해도 과언이 아니다.

언어가 있고, 사물이 있고, 그 다음에 인간이 있다.

산유화

김소월

산에는 꽃 피네.
꽃이 피네.
갈 봄 여름 없이
꽃이 피네.

산에
산에
피는 꽃은
저 만치 혼자서 피어 있네.

산에서 우는 작은 새여.
꽃이 좋아
산에서
사노라네.

산에는 꽃 지네.
꽃이 지네.
갈 봄 여름 없이
꽃이 지네.

산이 있고, 들이 있고, 바다가 있다. 산은 모든 강의 시원이며 울창한 수목이 자라고, 온갖 기암괴석과 높은 산봉우리들이 아름답고 찬란한 풍경을 연출해낸다. 들은 넓디 넓은 평야지대를 이루며, 언제, 어느 때나 유장한 흐름을 멈추지 않는 강을 끼고, 온갖 동식물들의 먹이를 생산해낸다. 바다는 높디 높은 산맥과는 반대로 해저의 산맥을 이루며 모든 강물들을 다 받아들이고, 온갖 다양한 수중식물들과 수많은 물고기들의 삶의 터전이 되어준다. 산과 들과 바다는 지구의 삼대 중심축이며, 모든 동식물들의 영원한 보금자리라고 할 수가 있다.

왜, 산인가? 산골 사람에게는 산이 전부이며, 이 산의 풍요로움에 의지해서 살아간다. 들에 사는 사람에게는 들을 위한 신앙이 있고, 바닷가에 사는 사람에게는 바다를 위한 신앙이 있다. 산골 사람에게는 산을 위한 신앙이 있고, 이 신앙은 그들의 삶에 무한한 은총과 축복을 가져다가 줄 수도 있다. 왜, 산인가? 산에는 갈 봄 여름없이 꽃이 피기 때문이다. 왜, 꽃인가? 꽃은 식물의 결정체이며, 가장 아름답기 때문이다. 아름다움은 천국의 풍경이며, 꽃의 향기는 자기 짝을 부르는 사랑의 목소리이다. 꽃은 아름답고, 향기는 꿀맛처럼 달콤하고, 아름답고 풍요로운 산은 모든 꽃들의 텃밭이 되어준다.

산은 꽃을 피우고, 꽃은 산에 산다. 산에는 꽃이 피고, 산에는 갈 봄 여름없이 꽃이 핀다. 산에 산에 피는 꽃은 저만치 혼자 피어 있고, 이 독야청청함과 외로움으로 새를 부른다. 산에서 우는 작은 새는 꽃이 좋아 산에 살고, 산에 산에 피는 꽃은 새가 좋아 산에 산다. 꽃은 새를 부르고, 새는 시인을 부른다. 시인은

「산유화」를 부르고, 이 「산유화」는 한국시문학사의 영원한 노래가 된다.

산에는 꽃이 피고, 산에는 갈 봄 여름 없이 꽃이 핀다. 산에는 꽃이 지고, 산에는 갈 봄 여름없이 꽃이 진다. 산에 산에 저만치 혼자 피어 있는 꽃에게도 돈과 명예와 권력이 필요없고, 꽃이 좋아 산에 사는 작은 새에게도 돈과 명예와 권력이 필요없다. 시간이 발걸음을 멈추고 공간이 무한대로 확대되는 즐거움, 오직 자기 자신의 일만을 하며 자기 자신이 영원한 주인공이 되는 즐거움, 바로 이것이 「산유화」의 즐거움이라고 할 수가 있다.

당신도, 당신도 저만치 혼자서 꽃을 피울 수 있는가?

당신도, 당신도, 산에 우는 작은 새처럼 노래를 부를 수 있는가?

김소월 시인의 「산유화」는 시인과 꽃과 새, 즉, '예정조화의 극치'이며, 영원한 행복의 노래라고 할 수가 있다.

독일이 통일되자 서독의 학자들이 동독으로 몰려갔다. 더 이상 동독을 독일의 변방으로 방치해서는 안 된다는 것이 그 이유였다. 우리 학자들은 하늘이 무너져도 고향으로 내려가지 않는다. 서울이 병들고, 대한민국이 중병에 걸린 것은 우리 학자들의 못남탓이다.

나는 이 사실을 안타까워하며 고향에 살며 「애지」를 발행하고 글을 쓰고 있다.

아아, 우리 학자들은 언제 세계적인 석학이 될 수 있을 것이란 말인가?

엄마야 누나야

김소월

엄마야 누나야, 강변 살자.
뜰에는 반짝이는 금모래 빛
뒷문 밖에는 갈잎의 노래
엄마야 누나야, 강변 살자.

이집트 문명은 나일강을 끼고 발전했고, 메소포타미아 문명은 유프라테스강과 티그리스강을 끼고 발전했다. 인더스 문명은 인더스 강을 끼고 발전을 했고, 황하 문명은 황하강을 끼고 발전을 했다. 강은 인류 문명의 발상지이고, 모든 강은 인류의 영원한 젖줄이라고 할 수가 있다. 상류지역의 수많은 자양분을 싣고 와 드넓은 평야지대의 비옥한 터전을 적셔주는 강, 그 어떠한 가뭄 속에서도 그 유장한 흐름을 멈추지 않고 그 모든 것을 다 품어주고 길러주는 강—. 모든 강은 어머니의 강이자 우리들의 영원한 이상낙원이라고 할 수가 있다.

"엄마야 누나야, 강변 살자." 이 강변은 우리들의 영원한 고향이 되고, "뜰에는 반짝이는 금모래 빛"은 우리들의 풍요와 행복의 바로미터가 된다. "뜰에는 반짝이는 금모래 빛"이 펼쳐지면, "뒷문 밖에는 갈잎의 노래"로 그 환희의 송가가 울려퍼지게 된다.

언제, 어느 때나 우리들의 풍요와 행복이 자라나고, 아름답고 감미로운 환희의 송가가 울려퍼지는 마음의 고향—.

최초의 서정시인이자 최후의 서정시인인 김소월—. 김소월의
「엄마야 누나야」는 우리 한국인들의 영원한 고향 노래라고 하지
않을 수가 없다.

길

김기림

나의 소년시절은 은銀빛 바다가 엿보이는 그 긴 언덕길을 어머니의 상여喪輿와 함께 꼬부라져 돌아갔다.

내 첫사랑도 그 길 위에서 조약돌처럼 집었다가 조약돌처럼 잃어버렸다.

그래서 나는 푸른 하늘빛에 호져 때없이 그 길을 넘어 강江가로 내려갔다가도 노을에 함북 자주빛으로 젖어서 돌아오곤 했다.

그 강가에는 봄이, 여름이, 가을이, 겨울이 나의 나이와 함께 여러 번 댕겨갔다. 까마귀도 날아가고 두루미도 떠나간 다음에는 누런 모래둔과 그리고 어두운 내 마음이 남아서 몸서리쳤다. 그런 날은 항용 감기를 만나서 돌아와 앓았다.

할아버지도 언제 난지를 모른다는 마을 밖 그 늙은 버드나무 밑에서 나는 지금도 돌아오지 않는 어머니, 돌아오지 않는 계집애, 돌아오지 않는 이야기가 돌아올 것만 같아 멍하니 기다려 본다. 그러면 어느새 어둠이 기어와서 내 뺨의 얼룩을 씻어 준다.

인생도 길이고, 삶도 길이고, 그 삶을 살아가는 방법도 길이다. 실핏줄도 길이고, 대동맥도 길이고, 목구멍도 길이다. 강도 길이고, 바다도 길이고, 바람도 길이다. 태양도 길이고, 달도 길이고, 별도 길이다. 모든 것은 길로 통하고, 길이 없으면 이 세상의 삶도 끝장이 난다. 길은 입구이고, 정거장이고, 길은 퇴로이고, 출구이다.

김기림 시인의 「길」은 한이 맺힌 길이며, 그리움의 길이고, 지금도 걷고 있으며, 앞으로도 걸어가야만 할 길이다. 한이란 쓰디쓴 좌절과 그 아픔에 맞닿아 있고, 그리움이란 한 이전에 온전한 대상에 맞닿아 있다. 어머니의 상여가 나갔던 길, 조약돌처럼 집었다가 조약돌처럼 잃어버렸던 첫사랑의 길, 어머니와 첫사랑을 잊지 못해서 그 강가로 내려갔다가 노을에 자주빛으로 젖어서 돌아왔던 길, 그후, 나의 나이와 함께, 봄, 여름, 가을, 겨울이 여러번 다녀가고, 까마귀도 날아가고 두루미도 떠나갔던 길—.

강물은 역류하지 않으며, 시간은 되돌아오지 않는다. 시간과 함께 한이 쌓이면 그리움이 자라난다. 이 그리움이 더욱더 자라나면 되돌릴 수 없는 것을 되돌리려고 방황을 하게 되지만, 그러나 끝끝내 그 주체자의 상처만이 더욱더 깊어진다. "그 강가에는 봄이, 여름이, 가을이, 겨울이 나의 나이와 함께 여러 번 댕겨갔다. 까마귀 날아가고 두루미도 떠나간 다음에는 누런 모래둔과 그리고 어두운 내 마음이 남아서 몸서리쳤다"라는 시구에는 얼마나 크나큰 한이 맺혀 있는 것이고, "그런 날은 항용 감기를 만나서 돌아와 앓았다"라는 시구에는 또한 얼마나 크나큰 한이 맺혀 있는 것이란 말인가?

길은 한으로 시작해서 그리움으로 흐르고, 길은 그리움으로 흐르면서 한으로 끝을 맺는다. 어머니도 다시 만날 수 없고, 첫사랑도 다시 만날 수 없다. 할아버지도 다시 만날 수 없고, 고향도 다시 갈 수가 없다. "나는 지금도 돌아오지 않는 어머니, 돌아오지 않는 계집애, 돌아오지 않는 이야기가 돌아올 것만 같아 멍하니 기다려" 보지만, 내 뺨에 눈물만 흐를 뿐, 모두가 다같이 도로아미타불의 이야기에 지나지 않는다. 어머니, 첫사랑, 할아버지, 고향으로 가는 길은 모두가 이데아(본질)이며, 하나의 허구이며, 환영에 지나지 않는다. 태어남 자체가 이데아의 상실이며, 한은 선험적 이데아 상실의 구체적인 증거라고 할 수가 있다.

길은 한이고, 그리움이며, 길은 감기이고, 내 뺨의 얼룩(눈물)이다.

길이 길을 낳고, 길이 길의 멱살을 움켜잡고 피투성이가 되도록 싸우지만, 어느 길도 참다운 길일 수가 없다.

길은 있지만, 그러나 모든 길은 이데아로 이어지지 않는다.

달 있는 제사

이용악

달빛 밟고 머나먼 길 오시리
두 손 합쳐 세 번 절하면 돌아오시리
어머닌 우시어
밤내 우시어
하아얀 박꽃 속에 이슬이 두어 방울

가정이 있고, 사회가 있고, 국가가 있다. 국가라는 거대한 조직체는 점조직 형태로 구성되어 있으며, 가정은 국가의 가장 작은 조직체라고 할 수가 있다. 인간은 국가나 사회 이전에 가정 속에서 태어나며, 이 출신성분은 그의 일생내내 꼬리표처럼 따라다닌다. 그가 태어난 것도 가정이고, 그가 밥을 먹고 자라난 곳도 가정이며, 그가 교육을 받고 자라난 곳도 가정이다. 가화만사성家和萬事成이란 말이 있듯이, 가정이 화목하면 그 모든 것이 다 이루어진다고 할 수가 있는 것이다.

아버지는 아이들의 아버지이고, 어머니의 남편이며, 우리들의 가정을 이끌어 나가고 있는 가장이다. 누가 가정의 경제를 책임지고 있는가? 누가 아이들의 교육을 담당하고 있는가? 누가 외부의 적을 물리치고 우리 가정의 평화를 창출해내고 있는가? 아버지는 하나님이고, 아버지는 스승이며, 아버지는 최후의 심판관이다. 우리들의 생사여탈권을 쥐고 있는 것도 아버지이며,

어떠한 아버지를 두었느냐에 따라서 우리들의 운명이 달려 있다고 하지 않을 수가 없다.

무리를 짓는 동물, 즉, 사회적 동물은 가부장적인 사회이며, 그 모든 동물들은 절대군주제를 최선의 정치제도로 채택하고 있다. 들소나 영양의 무리도 그렇고, 늑대나 사슴의 무리도 그렇다. 개미나 꿀벌의 무리도 그렇고, 닭이나 하이에나의 무리도 그렇다. 절대군주제, 즉, 가부장적인 제도는 어떠한 전력의 낭비도 없이 사회적 위기에 대처할 수 있는 가장 좋은 제도이며, 그가 어진 군주라면 여러 사회적 재화들, 즉, 돈과 명예와 권력을 아주 공평하게 분배할 수가 있다.

현대사회는 민주주의 사회이고, 민주주의 사회는 자연에 반하는 제도이며, '애비'없는 후레자식들이 그 모든 전권을 휘두르는 사회라고 할 수가 있다. 이 애비없는 후레자식들이 사랑하는 남편을 잃고, "달빛 밟고 머나먼 길 오시리/ 두 손 합쳐 세 번 절하면 돌아오시리/ 어머닌 우시어/ 밤내 우시어/ 하아얀 박꽃 속에 이슬이 두어 방울"이라는 이용악 시인의「달 있는 제사」의 그 한 맺힌 소망을 과연 어떻게 이해할 수가 있을 것이란 말인가? 아버지가 아버지답지 못하고, 대통령이 대통령답지 못한 것도 문제이지만, 아버지의 권위와 대통령이라는 권위를 한없이 깎아내리는 반사회적인 풍토가 더 큰 문제라고 할 수가 있다. 모든 조직체는 절대적인 서열제도로 이루어져 있으며, 이 서열제도를 부정하면 우리 인간들의 삶이 없어지게 된다. 제 아무리 민주주의 사회라고 해도 가장이 없는 사회와 대통령(왕)이 없는 사회는 존재할 수가 없다.

아버지는 하나님이고, 아버지는 스승이며, 아버지는 최후의 심판관이다. 모든 전지전능한 신들이란 이 아버지가 성화된 인물에 지나지 않으며, 이 아버지 숭배가 모든 종교의 근본목적인 것이다.

달빛 밟고 머나먼 길 오시어 우리를 사랑해주시고, 두 손 합쳐 세 번 절하면 돌아오시어 우리들의 행복을 창출해주기를 비는 것이 이용악 시인의 「달 있는 제사」의 가장 핵심적인 전언이라고 할 수가 있다.

"어머닌 우시어/ 밤내 우시어/ 하아얀 박꽃 속에 이슬이 두어 방울" 내리듯이, 그 기원의 간절함이 우리들의 어머니를 위대하게 만들고 있는 것이다.

이제 어머니가 아버지가 되고, 어머니가 모든 기적의 주인공이 된다.

아버지가 훌륭해야 가정이 화목하고 국가가 강대強大해진다. 어떤 민족이 고귀하고 위대한 민족인가는 어떤 아버지들(민족의 영웅들)이 있었는가에 의해서 결정된다고 해도 과언이 아니다. 모든 교육이 천재생산의 교육인 까닭이 여기에 있는 것이다.

독서중심의 글쓰기 교육을 받은 선진국민과 주입식 암기교육을 받은 우리 한국인들과의 차이는 산 사람과 죽은 사람의 차이보다 더 크다.

반경환 애송시집

만해 동주 이상 백석 소월

발   행   2019년 2월 15일
지 은 이   반경환
펴 낸 이   반송림
편집디자인 김지호
펴 낸 곳   도서출판 지혜
          계간시전문지 애지
기획위원 반경환 이형권 황정산
주   소 34624 대전광역시 동구 선화로 203-1, 2층 도서출판 지혜 (삼성동)
전   화 042-625-1140
팩   스 042-627-1140
전자우편 ejisarang@hanmail.net
애지카페 cafe.daum.net/ejiliterature

ISBN : 979-11-5728-316-3 03810
값 10,000원

반경환

반경환은 1954년 충북 청주에서 태어났으며, 1988년 『한국문학』 신인상과 1989년 《중앙일보》 신춘문예로 등단했다. 반경환의 저서로는 『시와 시인』, 『행복의 깊이』 1, 2, 3, 4권, 『비판, 비판, 그리고 또 비판』 1, 2권, 『반경환 명시감상』 1, 2, 3, 4권, 『이 세상에서 가장 아름다운 명문장들』 1, 2권, 『반경환 명구산책』 1, 2, 3권이 있고, 『반경환 명언집』 1, 2권, 『사상의 꽃들』 1, 2, 3, 4권, 『쇼펜하우어』 등이 있다.

반경환 애송시집, 『만해 동주 이상 백석 소월』은 만해, 동주, 이상, 백석, 소월, 기림, 용악, 지용, 영랑의 대표시를 선정한 시집이며, 부록으로 만해, 동주, 이상, 백석, 소월, 기림, 용악의 시에 대한 명시감상을 수록했다.

이메일 : bankhw@hanmail.net